坏脾气王国

献给威利

一位非常特别的王子！

图书在版编目（CIP）数据

坏脾气王国 /（英）约翰 · A. 罗著绘；李剑敏译
. -- 北京：中信出版社，2017.1（2022.8 重印）
（遇见美好系列 . 第 2 辑）
书名原文：Smile
ISBN 978-7-5086-6740-9

Ⅰ . ①坏… Ⅱ . ①约… ②李… Ⅲ . ①儿童故事－图
画故事－英国－现代 Ⅳ . ① I561.85

中国版本图书馆 CIP 数据核字 (2016) 第 229790 号

坏脾气王国

[英] 约翰·A. 罗 著/绘
李剑敏 译

中信出版集团 · CHINACITICPRESS · 北京

很久很久以前，在一个遥远的国家里，住着一个从来不会微笑的国王，大家都叫他“坏脾气国王”。

* ICH DIEN，德语，“我尽责”的意思，是英国威尔士亲王纹章上的座右铭。

他的妻子也从来不会微笑，大家都叫她“坏脾气王后”。

他们有五个了不起的儿子——五个王子，这几个王子也从来不会微笑。

人们称他们“坏脾气大王子”、“坏脾气二王子”、“坏脾气三王子”、“坏脾气四王子”、“坏脾气五王子”。

1
2
3
4
5

实际上，生活在这个国度里的人都从来没有微笑过。

这并不是因为他们不高兴，只是因为他们忘记了该如何微笑。

于是，他们生活的这个国度就有了个名字——“坏脾气王国”。

N° 17
22
5

有一天，坏脾气王后又生下了一个儿子，自然，大家就叫他“坏脾气六王子”。

小王子很英俊，看上去和国王长得像极了，尤其是那大大的耳朵和那凉凉的、湿乎乎的鼻子。

可是国王一看到新王子脸上古怪的表情，就忍不住大叫：“这孩子有点儿不对劲！他看起来病快快的！”

全国各地的医生都被召来，为新王子检查身体。他们随身带来了很多书、药物和特殊的设备。可是看到情况这么糟糕，他们都吓坏了。他们束手无策，只好在一边窃窃私语：王子得的恐怕是传染病呢！

“到底是什么病呢？”他们交头接耳，问来问去，因为他们之前从未见过类似的病情。

罗博士的
医学
百科全书

“一定是因为吸了毒气！”他们向国王和王后解释，“除此之外，没有什么可以造成如此可怕的毁容。不过别担心，他的相貌很快就会恢复正常！”为了让国王和王后放心，他们还给小王子开了一剂橄榄油。

可是小王子的怪病压根儿不是毒气造成的，他看上去还是不正常。几个星期过去了，他脸上的古怪表情丝毫没有变化。

渐渐地，新王子得了重病的消息传遍了整个坏脾气王国。

每日谣言报
最新消息
新王子
得重病了！

全国各地的人都开始忧心忡忡，他们十分好奇这病到底是怎么回事。人们阅读各类小报，在街上议论纷纷，局面一片混乱。

有一天，国王要在议会发表一个非常重要的演说。这时，一件怪事发生了。

体育新闻
坏脾气王国
新闻报
NEWS
帽子
大减价
牙医

在所有人的注视下，那种可怕的表情也出现在了国王的脸上。整个礼堂里，惊骇的叫喊声和喘息声响成一片，而国王则站在那儿，默默地凝视着天花板。

“陛下！”议员们大声嚷道。

“难道陛下也病了？”他们问。

“他是不是很痛苦？”

“不是吧，他看起来似乎……似乎很享受！”

国王回到白金汪宫后，王后和五个大王子都不敢直视他。可是慢慢地，他们开始忍不住偷偷地瞥（piē）上一眼。至于王后，她从来没见到国王如此帅气过。于是，她决定追随国王，模仿他的新表情。她开始对着镜子练起演说来。

“我和我丈夫……”还没等她说完，五个大王子也想试试新表情。

国王和王后很快成了街头巷尾的谈资，不论他们去哪儿，人们都会停下脚步，细细打量他们。

“哦……”“呀……”看到王后带着六个王子外出散步，他们惊叹连连。

也许这根本不是什么可怕的病。相反，那表情看起来……好吧，帅呆了！渐渐地，城中的人们也开始尝试这种新表情了。

Didier
de Paris
Didier
de Paris
王室认证
王室
同款

他们练得越多，感觉似乎也越好！

越来越多的人加入了“微笑大军”。外出买东西的人开始互相微笑，街上擦肩而过的人也开始互相微笑！没有什么可以阻止微笑的传播，很快，所有的人都在微笑了！

一晃好多年过去了，“坏脾气六王子”长成了一个英俊少年。他脸上的表情依然跟刚出生时一模一样，这个国度里的人们渐渐改口称他为“微笑王子”。是这个小王子重新教会了人们该如何微笑！

N° 5

有一天，他遇见了一位美丽的公主。他们结婚，并生下了一个儿子，自然，大家就叫他“微笑大王子”。

可是，当已经成年的王子头一次看到儿子脸上古怪的表情时，也忍不住大叫了一声：

“这孩子有点儿不对劲！他看起来病怏怏的！”

全国各地的医生又一次被召进王宫，为新王子检查身体。他们照旧随身带来了很多书、药物和特殊的设备。看到这可怕的情景，他们又一次被吓坏了。他们赶紧你一言我一语地窃窃私语，最后笑成一团，宣布微笑大王子“身体无比健康”。

“只是吸进了冷风罢了！”他们解释说，“他的相貌很快就会完全恢复正常！”

这一次，他们的结论是对的……确实是因为冷风，而且王子很快就恢复了正常。王国里的所有人都一致认为，微笑大王子的相貌无可挑剔！

I ♥ U

［英］约翰·A. 罗

生于英国，曾在英国和奥地利学习艺术。1995年荣获布拉迪斯拉发国际插画双年展大奖。作品有《我想要一个拥抱》《月亮狗》《皇帝的新衣》等。

切斯特找新家

图书在版编目（CIP）数据

切斯特找新家 /（日）今井彩乃著绘；李剑敏译
. -- 北京：中信出版社，2017.1（2022.8重印）
（遇见美好系列．第2辑）
书名原文：Chester
ISBN 978-7-5086-6740-9

Ⅰ．①切… Ⅱ．①今… ②李… Ⅲ．①儿童故事－图
画故事－日本－现代 Ⅳ．① I313.85

中国版本图书馆 CIP 数据核字 (2016) 第 229787 号

CHESTER
a minedition book

Chinese edition published in 2016 by CITIC Press Corporation

切斯特找新家

[日] 今井彩乃 著/绘
李剑敏 译

中信出版集团 · CHINACITICPRESS · 北京

切斯特和主人一家三口生活在一起。

他们曾经过得非常开心。

但最近，这一家人总是很忙，工作的工作、上学的上学，很少有时间照料他。

切斯特开始感觉自己被忽视了，觉得根本没有人需要他，这让他非常伤心。

有一天，这家人忘了带切斯特出去遛弯儿。

而且，这已经不是第一次了。

“我一定能找到更好的住处，”他说，“我想要一个不会冷落我的家。”

虽然伤透了心，但切斯特还是出发了，他要为自己寻找一个新家。

切斯特走啊走。

他出了小镇，走了好远好远。突然，他发现自己来到了森林的边缘。

从森林里传出了动物们奔跑、嬉戏的声音。

“天哪，听起来，住在这儿的动物都开心极了。”切斯特说，“也许对我来说，这儿是个不错的住处。”

可是小鸟们并不怎么欢迎切斯特。

“我们可不想让一只吓人的野狼住在身边！”小鸟们大声尖叫。

“我可不是狼，”切斯特说，“我是一只狗。”

“管你是什么呢，反正这里已经够挤的了。”他们说。

切斯特叹了一口气，只好继续往前走。

3
6
5
2
7
9
10

“也许城市会适合我。”切斯特说，“听说城市很大，我一定能在那儿找到一个家。”

城市果然很大很大，可是切斯特找来找去，却没有一个人愿意让他进门。

他心想，真奇怪啊，城市那么大，却又让人觉得这么孤单。

切斯特走遍了城里的每个角落，觉得越来越累，疲倦极了。

他想找个地方休息，却发现周围的一切都标着价码。

“我可从没见过这么多标价牌，”切斯特说，“上面有那么多个零。别说生活在这里了，哪怕只是休息一下，肯定也要很多很多钱。”

然而切斯特一分钱都没有。这不是个适合他的地方。

就在这时，一位贵妇路过这里。她问切斯特，为什么他看起来这么难过。

了解到他的处境后，贵妇说："哦，你可以和我一起住。自从我的小狗狗丢了，我一直孤零零的。我保证会好好对你的！"

于是，切斯特跟着她回了家。

他可从来没见过这么大的房子。

这里的生活奢华极了，他穿上了衣服，还有各式各样的玩具任他玩耍。此外还有好多好多仆人，甚至专门有一个人每天为他刷毛。

然而，切斯特很快就厌倦了这样的生活，他感到自己被当成玩具一样对待。

他不想像个洋娃娃一样，整天穿着又硬又不舒服的衣服。

“我想出去，想呼吸新鲜的空气，感觉大地就在我的脚下，我想要自由！”

于是，切斯特逃走了。

“哦，糟糕。”切斯特说。

原来，外面下起雨来了。

他觉得又冷又孤单，只想找到一个遮风避雨的地方，但就是找不到合适的安身之地。

切斯特想起初次遇见主人一家的那天，他还是一只小狗狗。

他们发现他时，天也是这么冷，天上也飘着雨。

他们的心地多么善良呀，是他们把他带回了自己温暖的家！

突然，切斯特听到了什么动静。

这是他的幻觉，还是真的传来了家人的声音？

切斯特开始汪汪地叫，直到看见他们才停了下来。

他们终于团聚了。

原来，自从他离家出走以后，家里人一直在找他。

“哦，切斯特，真是对不起！请回家吧。我们太想你了！”他们抱住他说。

从那以后，一切都变得不同了。

切斯特找到了真正的家。

他是家里的一分子，而且，每天至少可以出去遛三次弯儿！

[日] 今井彩乃

1980年出生于英国伦敦，在少年时代，她大部分的时间都和家人一起在世界各地旅行。1994年重返日本，在东京的武藏野艺术大学学习日本绘画，开始对插画产生兴趣。2003年以来多次参加博洛尼亚童书展插画展。现居日本千叶。

穿靴子的猫

图书在版编目（CIP）数据

穿靴子的猫 /（美）凯特 · 韦斯特隆德改编；（日）今井彩乃绘；李剑敏译 . — 北京：中信出版社，2017.1（2022.8重印）
（遇见美好系列 . 第 2 辑）
书名原文：Puss & Boots
ISBN 978-7-5086-6740-9

Ⅰ . ①穿… Ⅱ . ①凯… ②今… ③李… Ⅲ . ①儿童故事－图画故事－日本－现代 Ⅳ . ① I313.85

中国版本图书馆 CIP 数据核字 (2016) 第 229791 号

PUSS & BOOTS
a minedition book

穿靴子的猫

本书改编自夏尔·佩罗的童话《穿靴子的猫》

[美] 凯特·韦斯特隆德　改编
[日] 今井彩乃　绘
李剑敏　译

中信出版集团 · CHINACITICPRESS · 北京

从前有个很穷的鞋匠，和他的猫相依为伴。鞋店的生意惨淡，分吃完最后一罐金枪鱼罐头后，鞋匠对猫说：“恐怕也就这样了。我们完蛋了！一点生意也没有。我想我必须另找一份儿工作了。”

“别这么快就灰心，”猫说，“给我做一双最漂亮的靴子吧，我会做你的推销员，给你拉来新的生意。”

鞋匠真按猫说的做了……

猫穿上漂亮的新靴子就出门了。他要为主人多拉些生意，让他重新忙碌起来。

3
6

在树林深处，穿靴子的猫发现了一座富丽堂皇的城堡。据说城堡的主人是一个可怕的恶魔，他拥有一种神奇的魔力，可以随心所欲地变身。

猫见到了恶魔。他自我介绍说，他是一个推销员，他的主人是这片土地上最好的鞋匠。

猫说：“我听说您可以随心所欲地变成任何东西。既然您拥有如此令人难以置信的天赋和魔力，就应该拥有一双配得上您的鞋子。”

恶魔看到猫脚上那双漂亮的靴子，立刻就动了心，于是订了一双。

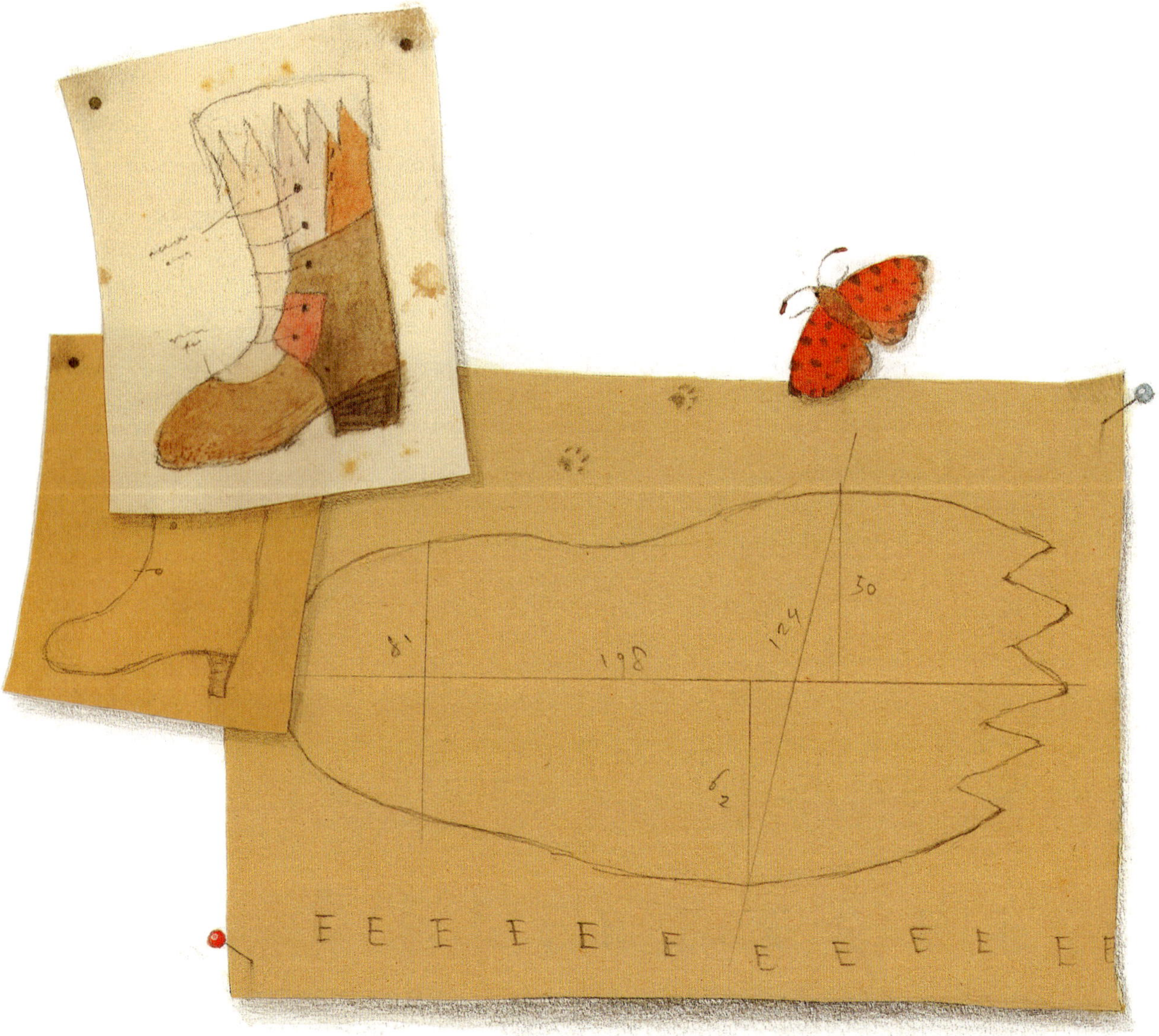

猫把做好的鞋子送来时，恶魔又想，不论他变身成什么，都得配上一双合适的鞋子。

于是，他订了一双又一双。

猫定期拜访城堡，帮恶魔测量双脚的尺寸，把做好的新鞋子也都送了过来。鞋子一双比一双漂亮，恶魔心花怒放。不过有一个问题：恶魔虽然非常富有，却是个一毛不拔的老吝啬鬼。

猫要他付账时，恶魔就把自己变成一只吓人的猛兽，还威胁说：“我的法力无边，力大无穷。这些鞋子都是我的，你一分钱都别想拿到！”

就这样，他把猫赶出了城堡。

不过，聪明的猫有了一个主意。

他让鞋匠做了一双非常特别的鞋子。

鞋子做好后，他重返城堡，向恶魔炫耀自己的新鞋。

穿靴子的猫说：“鞋匠又一次超越了自己，做了一双举世无双的漂亮鞋子。鞋子的用料如此稀罕、珍贵，尊贵如您才配拥有。只是这双鞋实在太小了，我真怀疑即便是法力无边的您，也不可能变得那么小。为什么这么说呢？因为要想穿上这双鞋，您必须变成……打个比方，像老鼠般大小。”

“哈哈！”恶魔放声大笑，“就让你见识一下我的本事！”

一声咆哮、一缕轻烟后，恶魔果真变成了一只小老鼠。

“你瞧，我跟老鼠一样小了。”恶魔说着，迫不及待地要穿上那双漂亮的小鞋子。

“那是，那是。”猫咪说着，一把抓住小老鼠，一口就吞了下去。

鞋匠和他忠心耿耿的猫住进了城堡，开了一间很棒的新鞋店。

镇子上的人一直很害怕恶魔。
他们实在弄不明白，为什么恶魔突然不见了。
不过他们很快就不再害怕，又开始从鞋匠那儿买鞋了。

还有一件奇怪的事。

没有人说得清，橱窗里那些千奇百怪的鞋子到底是给谁穿的——尤其是最小的那一双。那双鞋漂亮极了，恐怕只有老鼠才穿得上。

[日] 今井彩乃

1980年出生于英国伦敦，在少年时代，她大部分的时间都和家人一起在世界各地旅行。1994年重返日本，在东京的武藏野艺术大学学习日本绘画，开始对插画产生兴趣。2003年以来多次参加博洛尼亚童书展插画展。现居日本千叶。

书中花园

慢慢地读这本书，然后……

闭上你的眼睛

看看这些画面

你漫步在文字的世界

畅想未来

感受色彩

聆听声音

闻闻纸张的味道

摸摸这本书

希望你喜欢它

图书在版编目（CIP）数据

书中花园 /（美）凯特 · 韦斯特隆德著；（澳）罗伯特 · 英潘绘；喻之晓译 . -- 北京：中信出版社，2017.1（2022. 8 重印）

（遇见美好系列 . 第 2 辑）

书名原文：If You Wish…

ISBN 978-7-5086-6740-9

Ⅰ . ①书… Ⅱ . ①凯… ②罗… ③喻… Ⅲ . ①儿童故事 – 图画故事 – 美国 – 现代 Ⅳ . ① I712.85

中国版本图书馆 CIP 数据核字 (2016) 第 229793 号

IF YOU WISH
a minedition book

书中花园

[美] 凯特·韦斯特隆德 著　　[澳] 罗伯特·英潘 绘
喻之晓 译

中信出版集团·CHINACITICPRESS·北京

“唉，真没劲。”露西说。

“你为什么不去看看书呢？”一个沙哑的声音说道。

“谁在说话？”

“当然是我啦。”

“可是我根本看不见你呀。”露西说。

“你的想象力呢？去看看书怎么样？”那个声音说。

“这些书我都看过了。”露西叹了口气。

“你知道吗，一本书可以读上不止一遍，你甚至会发现书中还有书呢。”

“书中什么？”

“每个故事的后面都藏着另一个故事。假如你把书多读上一遍，再好好发挥一下自己的想象力，书就会将你带进新的故事里，就像书中还藏着一本书一样！”

“你是真的存在，还是只在我的想象里存在呢？”

“你想象里的东西都是真的呀，难道不是吗？”那个声音说。

“嗯，我想是的！”

“那就发挥你的想象力吧，这样，你就会在公园外面看到我了。”那个沙哑的声音说。

露西眯着眼睛，使劲儿地想象起来。

“你好呀，看来，你的想象力还不错。”泰利说。

“你的样子跟我想象中一样。”露西说，“连沙哑的声音都一模一样！”

“当然喽，泰利的样子总是跟你想象中一模一样，不过，这沙哑的声音是怎么回事儿呢？”

“再告诉我一点儿书中之书的秘密吧，求你了。”露西说。

“那先告诉我你想怎样旅行吧，得好好想象一下哦！”泰利说。

露西闭上眼睛，开始集中精神……

泰利笑了。

“哇，骑着旋转木马旅行！这个主意可真棒！”

“也许，你只需要做点儿练习，来，试试看吧。”泰利说。

木马开始旋转起来。音乐的节奏越来越快，木马也跟着越转越快，它的身影渐渐变得模糊起来。

接着，木马的速度慢下来，停住了。

木马上，坐着一个个孩子。

“丽奈上面的空位是留给你的。”泰利说。

“其他人也跟我们一起去吗？”露西问。

“不，他们要去别的地方探险。”泰利说。

“我们就从你读过的一本书开始吧。第一次读的时候，是文字将你带进了故事里。现在，用你的想象力让这段旅程继续吧。”

木马又转了起来，转了一圈又一圈，速度越来越快，最后，它的身影变成了一道白光。

“抓紧了，我们要起飞了！”

“是泰利吗？”

“不，我是丽奈。”木马说，“你刚才想象出了一匹飞马，对吧？”

“你竟然会说话！”露西说。

丽奈笑了：“不是所有的飞马都会说话吗？咱们的时间只够去几页书里面逛逛，不过也足够了。你能想起书上的东西吗？”

“能。”露西点点头。

“那就想着那本书吧，好好想象一下。咱们要转起来了，抓牢哦！”

“这是那本书开头出现的集市！不过不只是画，上面的人都在动。这画面是真的！”露西喊道。

“你想看见什么呢？来，想象些新的东西。”丽奈说。露西专心致志地想起来。

“看哪，我在那儿呢！我在和那些小孩一起玩儿，就跟想象中一模一样！我还能想象些别的东西吗？”露西央求着。

“没问题，再选一页吧。”丽奈说。

露西说：“我准备好了。”

他们又旋转起来……

“刚才，我在想象我们的个子很小很小，像在仙境里一样。我想要一座花园，里面种满了花儿，然后就真的实现了！你看，是不是特别美？我能再在这儿添上点儿别的东西吗？”

“只要你愿意。”丽奈说。

露西闭上眼睛，开始想象起来。

“哇！小精灵和仙女！”露西叫起来。

“露西，咱们的时间快到啦。”丽奈说。

“能再去一页书里逛逛吗？我知道自己该想象些什么。”露西说。

丽奈嘶鸣了一声，他们又旋转起来。

“呀！龙！”丽奈惊恐地叫起来，“露西，你应该事先提醒我一下。”

“对不起，”露西说，“我一直以为，只要有城堡的地方就有龙呢。”

“时间到了。”丽奈说。

“我知道，”露西说，“咱们又要转起来了！”

露西看到公园边上的那些树了。

“现在你知道了吧，没有什么是不可能的。”丽奈说。

“可要是我……”还没等露西说完这句话——

丽奈就又变回了一只旋转木马。

“泰利，这次旅行真是太棒了！我什么时候才能再来一次呢？”

“什么时候都可以，只要你愿意！”泰利说。

“下次你和丽奈还会在这儿吗？”

“我觉得你可能不需要我们的帮助了，不过，只要你……”

“我明白了！只要我好好想象就行了！然后，我就会旋转起来！”

泰利和丽奈都不见了。

旋转木马和公园也消失得无影无踪。

露西找出了一摞书。

“只要你愿意，这些书中，就都还有书在等着你。”她学着泰利沙哑的声音说。

“我当然愿意了！泰利，我好期待下次旅行，都快等不及了！”

［美］凯特·韦斯特隆德

生于美国的佛罗里达州，获人文学和教育学学位。她从小跟着父母到处游历，积攒了丰富的阅历。她热爱写作，也热爱歌唱，现与丈夫生活在奥地利的萨尔茨堡。

［澳］罗伯特·英潘

当代最杰出的插画家之一，1936年出生于澳大利亚的吉朗市。曾在皇家墨尔本理工大学学习插画和设计，1970年开始创作，至今已出版了百余部作品。1986年荣获国际安徒生奖插画奖，成为澳大利亚首位，也是目前唯一一位获得该奖项的插画家。1989年荣获澳大利亚多龙金奖章，表彰他在儿童文学领域做出的贡献；2005年获得母校授予的艺术荣誉博士学位；2007年被授予“澳大利亚勋章”，肯定其一生的贡献。现在，儿孙满堂的他与家人一起居住在家乡附近的小城里。

茉茉的愿望蛋

a
g
b
e

h
f
d
c

图书在版编目（CIP）数据

茉茉的愿望蛋 /（日）鹰野百著绘；喻之晓译 .--
北京：中信出版社，2017.1（2022.8 重印）
（遇见美好系列 . 第 2 辑）
书名原文：Momos Wünsche
ISBN 978-7-5086-6740-9

Ⅰ．①茉… Ⅱ．①鹰… ②喻… Ⅲ．①儿童故事－图画故事－日本－现代 Ⅳ．① I313.85

中国版本图书馆 CIP 数据核字 (2016) 第 229789 号

MOMOS WÜNSCHE
a minedition book

茉茉的愿望蛋

[日] 鹰野百 著/绘　喻之晓 译

中信出版集团 · CHINACITICPRESS · 北京

茉茉怎么也睡不着。

白天的梦和夜晚的梦像兴奋的小鸟一样，扑拉扑拉地拍着翅膀，在她的小脑袋瓜儿里飞来飞去。

咚！咚！有人敲门。

“你好，有人在家吗？”一个声音问道，“有人需要愿望蛋吗？”

茉茉朝窗外看去，原来是一个怪里怪气的小矮人，他骑在一只长相奇怪的动物身上。

“什么是愿望蛋呀？”茉茉问。

小矮人说：“这些奇妙的蛋能实现愿望和梦想，不过得正确使用才行。也许，咱们能做个小小的交易！”

“我的貘（mò）饿坏了，”他接着说，“可是它只吃混乱的思绪和噩梦，要是你想摆脱这些东西，就可以用它们来换愿望蛋。”

“那太好了！”茉茉表示同意。

W
1

3.
2.
4.
1.
5.

茉茉小心翼翼地把蛋放进一个小小的鸟窝里。

然后开始想自己有些什么愿望……

“要一个大大的蛋糕？很大很大，

怎么吃也吃不完……”

“或许我应该许个愿，愿自己能

听懂动物的语言……”

“可是我也好想飞呀，像小鸟一样飞翔……

要是我能知道这些蛋什么时候会裂开就好了！”

F
5
4
2
3
1

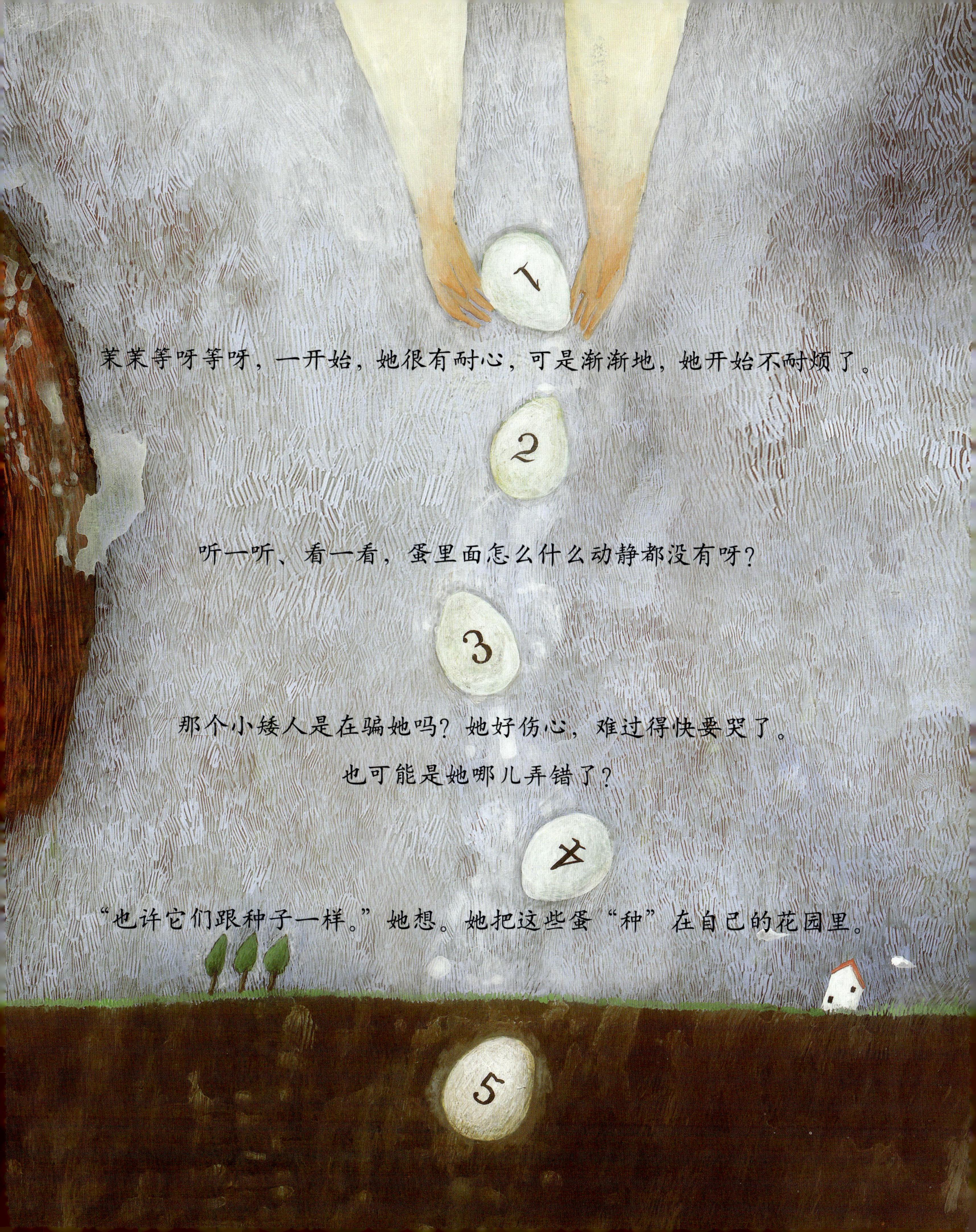

茉茉等呀等呀，一开始，她很有耐心，可是渐渐地，她开始不耐烦了。

听一听、看一看，蛋里面怎么什么动静都没有呀？

那个小矮人是在骗她吗？她好伤心，难过得快要哭了。

也可能是她哪儿弄错了？

“也许它们跟种子一样。”她想。她把这些蛋“种”在自己的花园里。

第二天，就冒出了几个绿色的小芽！

3
4
5

没过多久，这些珍贵的“种子”就长成了郁郁葱葱的大树。树上繁花满枝，散发出醉人的浓香。

花期过了便长出果实，就像大自然中的植物，开花后就会结果。

茉茉简直着了迷。

“真是太神奇了！”她说，“这些果子看起来跟我的愿望蛋一模一样！”

一天早晨……

蛋壳裂开了！茉茉简直不敢相信自己的眼睛：她的周围，有狐狸、野兔、长颈鹿、小狗，还有各种各样的鸟儿，而且，她能听懂它们说的每一句话！

而那些动物，也能听懂她说的话！

s
g
u
p
h
c
t
r
b

茉茉趴在鸟儿背上，在空中飞翔，他们累了就一起在树上休息——那儿长出了蛋糕和各种美味的食物，而且吃掉一个，就会又长出一个来。

茉茉悉心地照料着这个来自小矮人的礼物。

也许有一天，你也会遇见那个小矮人吧！

［日］鹰野百

1983年生于日本滋贺县，商科学校出身，却梦想着能成为一名插画家。2005年荣获日本著名漫画社“白泉社”颁发的“萌”绘本大奖，作品多次入选博洛尼亚国际儿童书展插画展。现居日本神奈川县。

图书在版编目（CIP）数据

米娅的梦 /（美）塔蒂亚娜 · 贝拉维塔，（美）拉斐尔 · 贝拉维塔著；（伊朗）菲罗 · 戈尔穆罕默迪绘；艾玛译. -- 北京：中信出版社，2017.1（2022.8 重印）
（遇见美好系列. 第 2 辑）
书名原文：Maia Dreams
ISBN 978-7-5086-6740-9

Ⅰ. ①米… Ⅱ. ①塔… ②拉… ③菲… ④艾… Ⅲ. ①儿童故事－图画故事－美国－现代 Ⅳ. ① I712.85

中国版本图书馆 CIP 数据核字 (2016) 第 229792 号

MAIA DREAMS
a minedition book

米娅的梦

［美］塔蒂亚娜·贝拉维塔　拉斐尔·贝拉维塔　著
［伊朗］菲罗·戈尔穆罕默迪　绘
艾　玛　译

中信出版集团 · CHINACITICPRESS · 北京

真是不可思议！一只美丽的、金光闪闪的老鹰飞了过来，他停在米娅的窗前，说：“来吧，我带你去一个遥远的地方。”

米娅和白龙爬到老鹰背上，老鹰自我介绍说：“我的名字叫金光。”

他们飞啊飞，飞向美丽的夜空，星星和月亮一路给他们照亮。

“你要带我们去哪里？”米娅问。

“我们要去一个美丽的地方。在那里，大象和老虎悠闲地漫步，人类和这些彬彬有礼的动物愉快地相处。”金光回答道。

米娅很高兴听到世界上还有这么一个地方。

他们飞过星光闪耀的夜空，夜晚渐渐变成了白天。他们低头向下看去，只见那里有华丽无比的宫殿，还有人骑在巨大的白象背上，来来往往。

金光俯冲下来，稳稳地落在一只大白象的脚边。

“你们好。”大白象向他们打招呼，“我叫加尹布，欢迎你们来到这里！”

米娅、白龙和金光都用友好的微笑向他致意。

加尹布已经在这里生活了很久很久，人们都非常爱戴和尊敬他。

“我们这里很值得探索一番，还有很多宝贝呢。其中有一件宝贝叫作‘星光红宝石’，只有我们这儿才能找到，它非常特别。”他告诉客人们。

“怎么个特别法呢？”米娅问。

加尹布回答道：“很多人相信，悲伤的时候，只要把星光红宝石放在胸口，就会重新快乐起来。”

金光听完，迫不及待地说：“我在其他地方也听到过这样的故事！”

“是的，而且我们还有很多其他的宝石呢。”加尹布说。

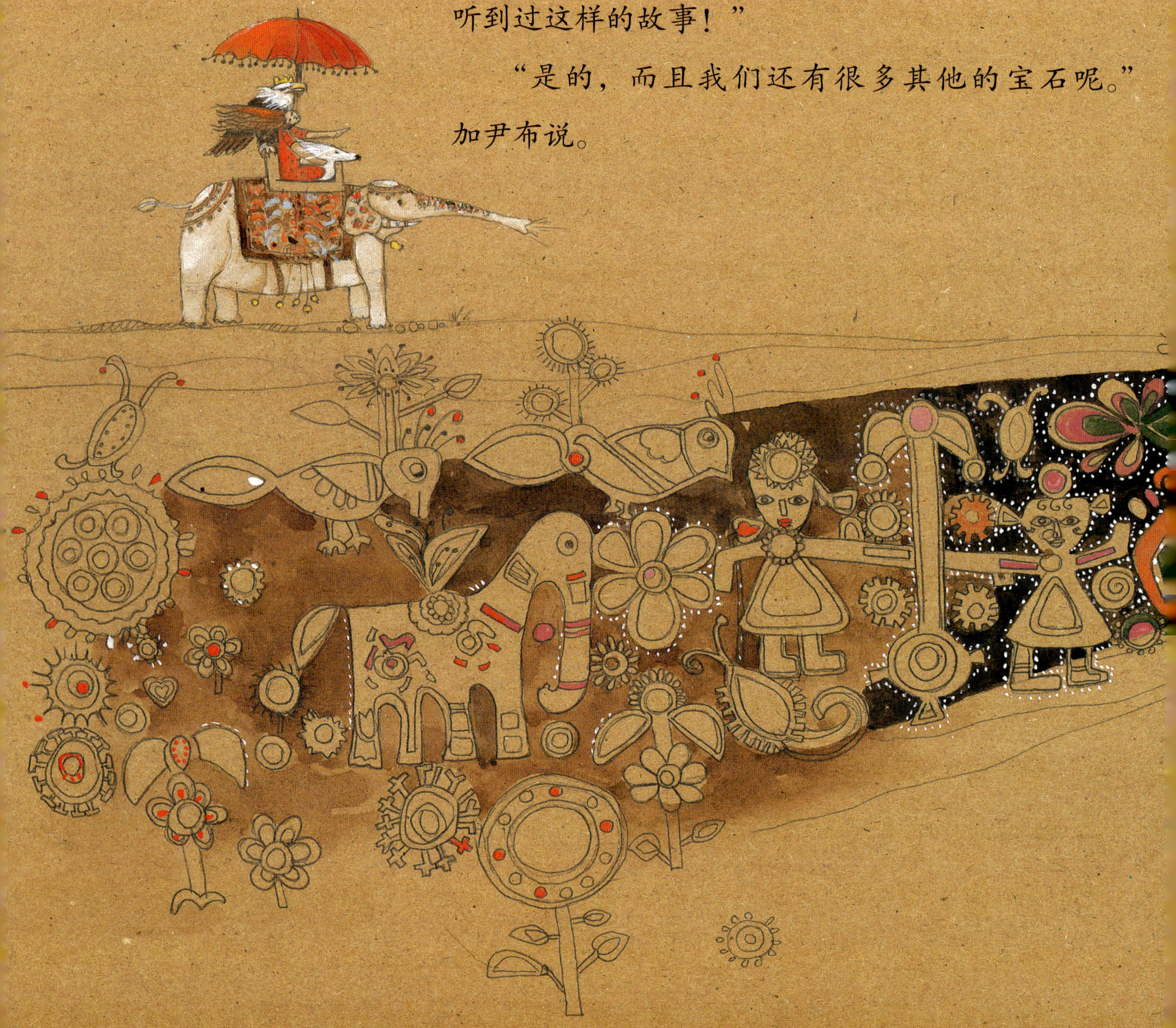

米娅和白龙仔细地听着，但就在这时……

白龙汪汪地叫了起来！只听见一阵“沙沙沙”的声音，紧接着传来一声大吼：“嗷呜——”树后面好像有什么东西！

“是一只孟加拉虎！”加尹布赶紧说，“她是我的朋友。”

“你们好！”这只老虎向大家打招呼，“欢迎来到这里！我叫达里卡。”

米娅咯咯地笑起来，白龙继续汪汪叫着。

原来，达里卡的耳朵后面挂了个东西。

达里卡还没明白过来，她问：“你们笑什么？”

米娅轻轻地从达里卡的耳后取下一片心形的树叶，告诉她：“刚才这片树叶挂在你的耳朵后面了。”

加尹布看到这片树叶，说：“这是菩提树的树叶。菩提树非常美丽，是我们这里的圣树，受到所有人的喜爱和尊崇。”

这时，一道美丽的亮光吸引了米娅的注意。

米娅、金光和白龙跟着那道亮光走啊走，来到了一块大石头前面，亮光就是从那里发出来的。

他们走近一看，发现大石头里面有好多小石头。这些小石头放射出奇异的红色光芒！

“它们会不会就是加尹布说的那个东西？”米娅问道。突然，其中一块红色的小石头开始说话了……

他们惊呆了。

“你是谁？”米娅问。

“我是星光红宝石，我就出生在这里。”

“石头是怎么出生的呢？”米娅问。

星光红宝石回答：“很多很多年以前，在一座火山喷发时，我和空气、水，还有许许多多其他的矿石混杂在了一起。随着时间的流逝，我渐渐变得像现在这样坚硬，也变成了现在的红色。很多人喜欢把星光红宝石戴在衣服上或者胸前，这是爱的象征。”

金光对米娅和白龙说："我们刚刚开始见识这个神奇的地方，可现在启程的时候到了，我们得飞走了。"

星光红宝石叫住米娅，对她说："如果你把我一起带走，我就会日日夜夜在你身边发光，这样，你就会永远记住这个地方了。"

"好啊，谢谢你！"米娅说完，紧紧地把红宝石攥在手心里，"我会一直把你当成宝贝，放在我的胸口，我也永远不会忘记你出生的这个地方。"

临行前，他们去和友好的大象加尹布和美丽的老虎达里卡道别，感谢他们的热情款待，也感谢他们让自己认识了星光红宝石和菩提树。

金光将米娅和白龙驮在肩上，张开翅膀，向着美丽的蓝天飞去。之后，天渐渐地黑了。

突然，米娅听到了妈妈温柔的声音：“宝贝，该起床了！”

米娅揉着眼睛坐了起来。原来，刚才的奇遇是一场梦，但一切又好像真的发生过一样！

米娅摊开手掌，发现那颗美丽的红宝石就在手心里。

“白龙，是星光红宝石！”她开心地说。

白龙也兴奋地叫了起来！

[美] 塔蒂亚娜·贝拉维塔　拉斐尔·贝拉维塔

塔蒂安娜·贝拉维塔是一位珠宝设计师，也是一位心灵治疗师。她爱去世界的各个角落收集各种各样的石头，把传统智慧和流行时尚完美地融合在她的设计中。拉斐尔·贝拉维塔是前银行家，曾就职于所罗门兄弟银行，现经营污水净化领域和娱乐领域的创业公司。夫妇二人现居美国的加利福尼亚州。

[伊朗] 菲罗·戈尔穆罕默迪

出生在德黑兰，并在那里学习了绘画。她是闻名全球的艺术家，曾在世界各地举办展览。至今已出版了20多本书，曾多次荣获由联合国教科文组织颁发的野间国际绘本原画大奖，1991年荣获伊朗水晶画笔大奖。孩提时代，她喜欢爬树，喜欢整天待在树上看下面的世界。和米娅一样，菲罗梦想着去一个地方，那里没有分歧和斗争，人和动物平等、和谐地相处。

樱桃成熟时

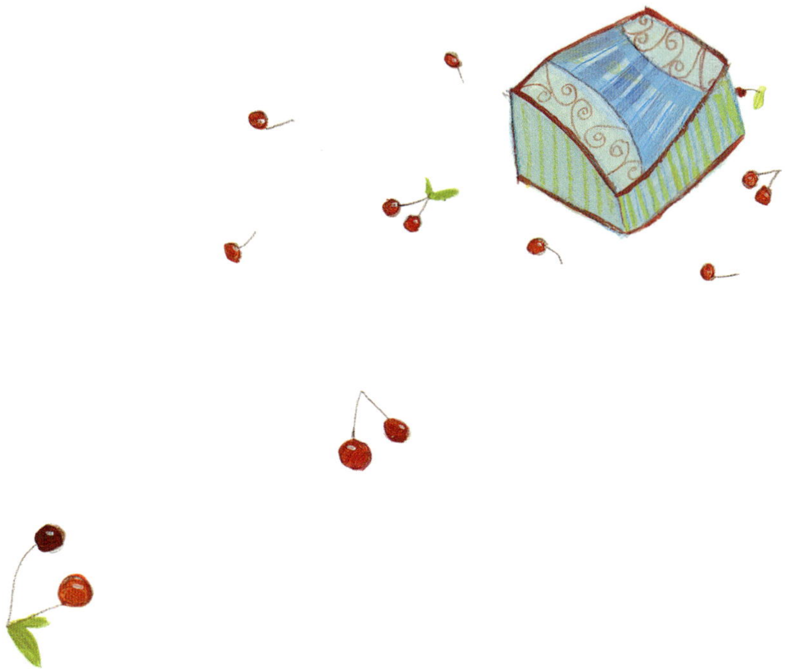

图书在版编目（CIP）数据

樱桃成熟时 /（德）达妮埃拉 · 邦格著绘 ; 方素珍译 . -- 北京 : 中信出版社 , 2017.1（2022. 8 重印）
（遇见美好系列 . 第 2 辑）
书名原文 : Cherry Time
ISBN 978－7－5086－6740－9

Ⅰ . ①樱… Ⅱ . ①达… ②方… Ⅲ . ①儿童故事－图画故事－德国－现代 Ⅳ . ① I516.85

中国版本图书馆 CIP 数据核字 (2016) 第 229786 号

遇见美好系列（第 2 辑）

著　　者：[英] 约翰 · A. 罗 等
绘　　者：[澳] 罗伯特 · 英潘 等
译　　者：方素珍　李剑敏 等
策划推广：中信出版社（China CITIC Press）
出版发行：中信出版集团股份有限公司
（北京市朝阳区惠新东街甲 4 号富盛大厦 2 座　邮编　100029）
（CITIC Publishing Group）
承 印 者：鹤山雅图仕印刷有限公司

开　　本：610mm × 970mm　1/8　　印　　张：41.5　　字　　数：221 千字
版　　次：2017 年 1 月第 1 版　　印　　次：2022 年 8 月第 9 次印刷
京权图字：01-2015-5640
书　　号：ISBN 978–7–5086–6740–9
定　　价：198.00 元（全 10 册）

樱桃成熟时

[德] 达妮埃拉 · 邦格　著/绘
方素珍　译

中信出版集团 · CHINACITICPRESS · 北京

我一直是个害羞的男孩。

每次爬楼梯回家之前，我都会停下脚步，听听有什么动静。

如果我经过的时候有一扇门打开，会发生什么事呢？

楼里有好多扇门，我很怕看见邻居或被他们看见。

我真想变成一个隐形人。

每到星期六，妈妈最好的朋友都会来家里聚会。

她们总是在笑，可我不知道她们在笑什么。

妈妈的朋友总会捋捋我的头发，咯咯地笑着说：“多好的小伙子呀，就是太害羞了！”

这就是我最想变成隐形人的时候。

0,05

每到星期日，爸爸妈妈总会让我去转角的商店里买鸡蛋或者报纸。

店员总是对我说：“别老像是受惊的猫咪一样！你到底在怕什么呢？”

不过，她总是微笑着，还会送我一根棒棒糖。

我每天要搭两站火车去上学。

在车上，我喜欢自己一个人坐着看向窗外。

我不喜欢有人坐在旁边。

校门口有一棵樱桃树，只要一开学，每天回家的路上，我都能看到一个女孩坐在上面。

其他的同学对她一无所知，只知道她的名字叫露比。他们小声议论，说她脾气不好，力气超大。

为什么她每天都坐在树上吃樱桃、吐樱桃核呢？

我很怕她，因为她从来不开口和任何人说话。

我的生日到了，除了想要一只小狗，我别无所求。

我想要一只狗，想了好久。

我得选一只自己喜欢的狗。

而我知道自己想要的是哪一只。

它不是很漂亮。不是太胖也不是太瘦。

它不是太大也不是太小。它的优点就是什么都不怕。

它就是我的朋友——麦克斯。

麦克斯让一切都变得很有趣。

上楼时，它在前面开路，从所有的门前经过。

从街角的商店里买了报纸，它会叼回家。

它甚至帮我摆脱了妈妈那位亲密朋友的烦扰，因为她不喜欢狗！

我希望麦克斯见证我所做的每件事，希望带着它去我想去的任何地方。

在校门前，我跟它说起了樱桃树上那个安静的女孩。

可是今天，露比并没有坐在树上，而是站在了树下。

N D M A Z
O S N P R
W
A
EG TO
G

她生气地看了我们一眼，可是当麦克斯开心地往她身上跳时，她却伸出手让麦克斯闻了闻。

她的眼睛温柔又明亮，就像闪闪发光的红樱桃。

露比在英语里就是红宝石的意思，这名字真的太适合她了，因为她的眼睛就像宝石般闪亮。

第二天，学校里几个很凶的女孩对着我和露比大喊：“你们现在就从树上下来！”

我鼓起勇气，和露比一起勇敢地保卫这棵树。

我们是不会被打败的。

LA CEREZA
CHERRY
KERS
CERASUM

从那一刻开始，樱桃树就是我们的了。

这是我和露比最喜欢的地方，我们在这里一起度过了许多漫长的下午。

当然，麦克斯必须和我们在一起。

有时候我们聊天，有时候我们望着天空，编织着美丽的梦。

有一天，露比邀请我去她家。

她和爸爸妈妈住在小镇边上的一辆拖车里。

我带了一根棒棒糖给她——当然，是樱桃口味的！

露比教我烤樱桃蛋糕，我们还吃了香草冰激凌，上面淋了暖暖的樱桃酱。

整个夏天都充满了红色的、甜甜的滋味。

我希望像露比一样坚强。

我们躺在一起，她给我讲述她在拖车里的生活。

她说他们不会在镇上停留太久。

她的家总是从一个小镇搬到另一个小镇。

她从来没有机会好好认识其他的孩子。

在那一刻，我忽然意识到，我的朋友露比并没有表面上那么坚强。

她也很胆小，所以才会躲进那棵樱桃树繁茂的枝叶里。

慢慢地，樱桃味儿的夏天接近了尾声。

露比和她的爸爸妈妈将要在这个星期离开小镇。

临别前，我们坐在河边吹泡泡。

“我会想念你的。”露比说，“想念你、麦克斯，还有我们的樱桃树。”

“就算分开了，我们依然会勇敢坚强。”我向她保证，“也许你会再回来的……就在明年樱桃成熟的时候？”

“嗯，也许吧！”露比回答。

AIR MAIL

[德] 达妮埃拉 · 邦格

1973年出生于德国巴伐利亚州。早年在雷根斯堡大学学习，准备成为一名艺术老师，发现自己在插图方面的潜力后，于1997年进入明斯特造型艺术学院学习，2005年取得学位。

当月亮落下来

图书在版编目（CIP）数据

当月亮落下来 /（土）费里敦·奥拉尔著绘；方素珍译. -- 北京：中信出版社，2017.1（2022. 8 重印）
（遇见美好系列. 第 2 辑）
书名原文：When the Moon Came Down
ISBN 978-7-5086-6740-9

Ⅰ. ①当… Ⅱ. ①费… ②方… Ⅲ. ①儿童故事－图画故事－土耳其－现代 Ⅳ. ① I374.85

中国版本图书馆 CIP 数据核字 (2016) 第 229784 号

WHEN THE MOON CAME DOWN
a minedition book

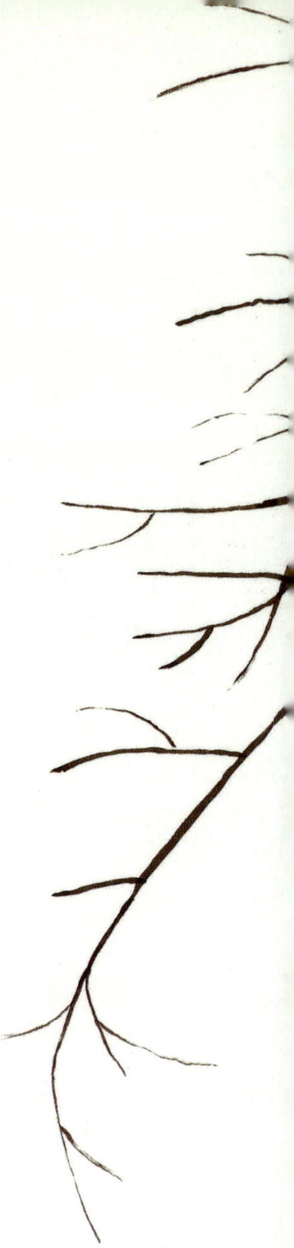

当月亮落下来

［土耳其］费里敦·奥拉尔　著/绘

方素珍　译

中信出版集团·CHINACITICPRESS·北京

静静的深夜里，小兔子从睡梦中醒来。

“真希望有一个朋友可以关心我。”他想。

他揉了揉眼睛，探出粉红色的小鼻子嗅了嗅。

就在这时，他听到一阵“沙沙沙”的声响。

好像是从灌木丛里传来的！

还有一道光从那里穿过。

“有人吗？”他一面喊着，一面放轻脚步，朝着亮光走去。

突然，他发现灌木丛后面有一钩弯弯的月亮。

月亮说：“对不起，我把你吵醒了吗？”

“哦，没有，没有。”小兔子说，“我是因为肚子饿了才醒来的。但是天太黑了，我找不到吃的，而且我很怕黑。”

月亮说：“别担心，小兔子，我的光很亮，可以照亮每个地方。我的肚子也饿了，根本睡不着。我们一起去找东西吃，好吗？”

小兔子觉得这个主意很好。

他知道哪儿可以找到甜甜的莓果和新鲜的青草。

有了月光的照耀，他们很容易就可以找到食物。

他们不但找到了黑莓树，还一起分享了许多熟透的、味道甜美的水果。

“这样的地方还有很多呢！”小兔子说，“如果你明天还来，我们可以一起去看看。”

第二天晚上，月亮又来了。

他们一起吃东西，吃得肚子都圆鼓鼓的。

接着，他们来到一个小镇，镇上的人都睡着了。

小兔子觉得很累，但是他非常开心。

谁能想到，他竟然可以和月亮做朋友呢？

接下来，小兔子和月亮一起度过了很多个晚上。

他们快活地走着，寻找美味的食物。

他们爬上山丘，俯瞰山下的田野。

每天晚上，月亮都有变化，变得越来越大、越来越圆。

满月的那一天，夜空中洒满了月亮的光辉。

小兔子望着天空。“好美啊！”他禁不住赞叹。

这时，一颗流星划过。

“我从没见过这么亮的星星，是不是该许个愿呢？”

月亮说：“或许你该许个愿，愿自己能爬到天上摸摸星星吧？”

“对呀！你怎么猜到的？”小兔子笑着，兴奋地抖动着他的耳朵。

轻轻地，月亮把小兔子托了起来，他们缓缓地升到了空中。

小兔子惊讶地看着湖面上自己的倒影，感受到了前所未有的快乐。

天上的星星们见到小兔子都很高兴，他们一起跳着舞，手拉着手，穿过星空。

星星们从来没见过这么会跳舞的兔子。

舞会结束了，最大的那颗星星给了小兔子一块小小的月亮石。

“晚上睡不着的时候，就抱紧这块月亮石。记住，所有的星星都会永远在这里守护你，你再也不必感到害怕。”

“谢谢，”小兔子说，“非常感谢你们！”

小兔子那洁白柔软的毛，在月亮石的照耀下闪闪发亮。

他抽动着粉红色的鼻子，揉了揉眼睛，打了一个大哈欠，他好想睡觉。

渐渐地，他睡着了……

月亮轻轻地将小兔子抱起来。

该带他回到地上了。

月亮慢慢地向下落，这样，小兔子就不会被吵醒了。

星空下，每个人都沉睡在梦乡里。

只有小猫头鹰还醒着，他们瞪大双眼，警觉地四处张望。

第二天早晨，小兔子醒来了，他的爪子还紧紧地抱着那块月亮石。

他知道，这不是梦。从现在开始，无论外面有多么黑，他都不用再害怕。

因为月亮和这颗月亮石将永远守护着他。

[土耳其] 费里敦·奥拉尔

生于1961年，1985年毕业于马尔马拉大学艺术系。他的作品多次在海外展出，曾荣获联合国教科文组织颁发的野间国际绘本原画大奖和欧洲插画家双年展荣誉奖。现居伊斯坦布尔。

遇见美好 系列 第2辑
minedition

圣诞节的小羊

[法] 杰拉尔丁·埃尔施纳 著 [德] 安格拉·克伦贝克 绘
艾玛 译

中信出版集团 · CHINACITICPRESS

圣诞节的小羊

谢谢你，莱奥妮。因为有你，这个故事才得以诞生。

——G. E.

图书在版编目（CIP）数据

圣诞节的小羊 / (法) 杰拉尔丁 · 埃尔施纳著；(德) 安格拉 · 克伦贝克绘；艾玛译 . -- 北京：中信出版社，2017.1（2022.8重印）
（遇见美好系列 . 第2辑）
书名原文：Pashmina
ISBN 978-7-5086-6740-9

Ⅰ . ①圣… Ⅱ . ①杰… ②安… ③艾… Ⅲ . ①儿童故事－图画故事－法国－现代 Ⅳ . ① I565.85

中国版本图书馆 CIP 数据核字 (2016) 第 229797 号

Pashmina
a minedition book

圣诞节的小羊

［法］杰拉尔丁·埃尔施纳 著　［德］安格拉·克伦贝克 绘
艾玛 译

中信出版集团 · CHINACITICPRESS · 北京

冬天到了，漫天飞舞的雪花给大地披上了一件洁白的外衣。在山上，西蒙家的小房子里，炉火一直熊熊燃烧着。

最隆重的节日快到了——明天就是圣诞节了，孩子们非常兴奋，但是他们的母亲玛尼娅却忧心忡忡。

在这个特别的日子里，该吃些什么呢？家里还有从菜园里挖来的土豆，也有玛尼娅之前晒干的豆子，但除了这两样东西，别的什么都没有了。玛尼娅多希望能够在过节的时候给孩子们做点特别好吃的东西啊，如果能像别人家那样，烤个肉或者煮条鱼，那就好了。

她叫丈夫去外面找点儿好吃的，天上飞的，地上跑的，水里游的，什么都可以。他们太穷了，根本没有钱买食物。

“找点儿好吃的？你可真有意思！”西蒙哈哈大笑。但他还是穿上旧大衣，推开门，消失在了大雪里。西蒙在雪地里艰难地行走着，他走过农田，穿过树林，翻山越岭，四下寻找，却什么都没有找到。他想从湖里捞点儿鱼，可是，大雪冰封了整个湖泊，他连鱼的影子都没看见，而大地也似乎吞噬（shì）了所有的动物。

“我不能空手回家！”他这样想着。

突然，他停下来，静静地站在原地。

什么声音？

刚才，他分明听到了一阵轻轻的呜咽声。

听！声音是从荆棘（jí）丛中传来的……

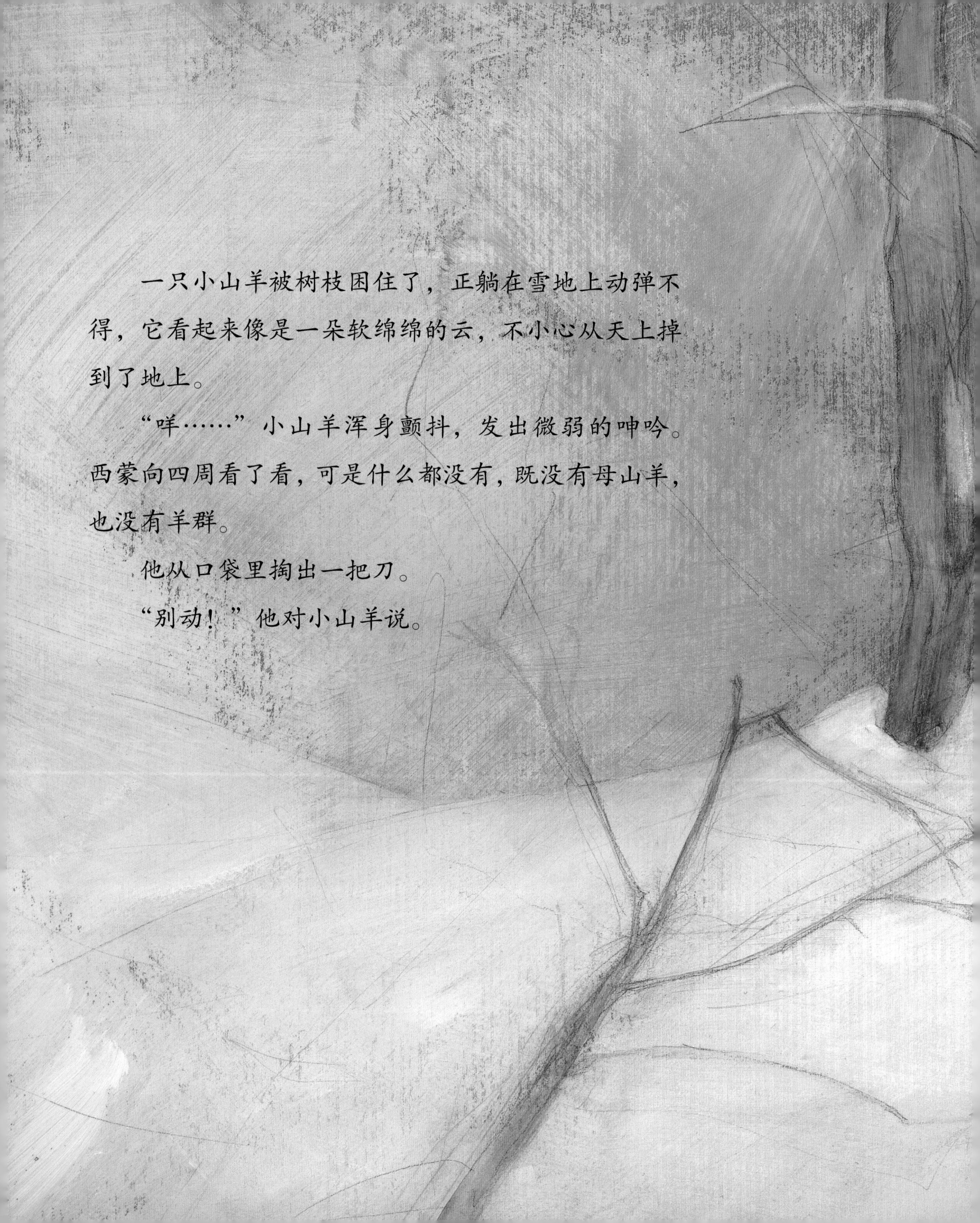

一只小山羊被树枝困住了，正躺在雪地上动弹不得，它看起来像是一朵软绵绵的云，不小心从天上掉到了地上。

“咩……”小山羊浑身颤抖，发出微弱的呻吟。西蒙向四周看了看，可是什么都没有，既没有母山羊，也没有羊群。

他从口袋里掏出一把刀。

“别动！”他对小山羊说。

西蒙小心翼翼地把小山羊从荆棘丛中救了出来。他用自己的旧大衣把它裹好，带着它一起回家了。

在路上，他遇见了他的邻居老马丁。老马丁一看到从西蒙旧大衣里探出来的小脑袋，就问道：“你在哪儿找到的？”

“在雪地上，它就躺在那儿。”西蒙回答。

“不会吧？你这么轻松就捡到了这样美味的烤肉？”老马丁说，“你可真够幸运的！好吧，祝你圣诞节快乐，好好享用你的大餐吧！”

西蒙一推开门，玛尼娅就迎了出来。她紧张地问西蒙：“你，你找到什么了吗？”

“没有，哦，不是，有，但是……”西蒙吞吞吐吐地说。

西蒙把小山羊从旧大衣里抱出来，放在了火炉前。

就在这时，孩子们跑了过来。

“天哪！”保罗赞叹道。

“它的小耳朵真好玩！”莱奥妮紧跟着说。

“老马丁觉得把它做成圣诞大餐肯定不错。”西蒙好不容易找到了说话的机会。

“你说什么？”孩子们尖叫起来。

西蒙和玛尼娅看看他们，又看看小山羊。怎么办？不但美味的圣诞大餐泡汤了，还添了一张嗷嗷待哺的嘴。

“求求你了，求求你了，不要杀它。”孩子们央求道。

“唉，好吧。”西蒙答应了。他找来一个小箱子，在里面铺上干草。

平安夜里，他们一家人围坐在一起，心满意足地吃着干豆和土豆。

“好吃！”保罗笑着说。

“咩……”小山羊咬着圣诞树的叶子，也在一旁应和着。

西蒙笑了，一家人也都笑了。他们给小山羊取了一个名字，叫小卷毛。

过了不久，小卷毛就变得像其他小羊一样活蹦乱跳，你无法想象它有多好动！

小卷毛又活泼又可爱，孩子们去哪儿，它就跟到哪儿。它跟一般的小山羊没什么两样，但是，有一件事情非常奇怪。

小卷毛柔软而蓬松的毛长得非常快，而且，它的毛弯弯曲曲、闪闪发光，真像是圣诞节前一天西蒙找到它时，覆盖在地上的白雪。

孩子们抚摸小卷毛时，它会乖乖地闭上美丽的杏眼，把脑袋靠在他们腿上，就这样待上好几个小时。

一个春天的早晨，莱奥妮正抚摸着小卷毛，突然她跳了起来，跑去找妈妈。

“快看啊！”她叫着。她手里握着一团东西，看上去就像一小朵白云。

“没事，小卷毛是在换毛呢，它要脱下冬装了。”妈妈解释道。

可是，小卷毛身上掉下来的毛实在是太多了，玛尼娅可以把它们纺成质地上乘的毛线。她用这些毛线给西蒙和孩子们织了暖和的袜子，多余的就拿到城里的市场上去卖。

西蒙一家用卖羊毛挣的钱买了一只小公羊。五个月以后，小卷毛生下了它的第一只山羊宝宝。

现在，破旧的羊棚里住着雪白的山羊一家。

后来，家里的羊从三头变成了四头，四头变成了五头，五头变成了六头，六头又变成了七头……越来越多。玛尼娅的羊毛制品也已经远近闻名，她一个人忙不过来，老马丁的女儿和村里其他的女人就都过来帮她纺线、织布。从此，村子里有了自己的作坊。

老马丁也成了牧羊人，他在小店里遇见顾客，就会给他们讲述这个不可思议的故事：看，这只安哥拉小山羊差点儿被做成了大餐，却靠着一身雪白的毛死里逃生！

在羊群中，小卷毛的毛是最美的，也是最多的。它是不是在用这样的方式，为那个特别的平安夜里发生的事情表达谢意呢？

［法］杰拉尔丁·埃尔施纳

法国童书作家、翻译家。她精通德语，在创作童书的同时，翻译了大量法语和德语书籍。现居德国海德堡市，有三个可爱的孩子，热爱园艺和种植。《圣诞节的小羊》这本书的灵感来自于她女儿的小兔子，一天，杰拉尔丁发现小兔子在换毛，不知怎么就想起了同样会在冬天来临时换毛的小羊，然后，她写下了这个故事。

［德］安格拉·克伦贝克

生于1959年，现居德国不莱梅市。她大学时代的专业是心理学、人类学和新闻学，后在朋友的鼓励下开始创作绘本，成为自由插画师。《圣诞节的小羊》是她创作的第8本作品。

小飞的鱼

图书在版编目（CIP）数据

小飞的鱼 /（法）杰拉尔丁·埃尔施纳著；（德）达妮埃拉·邦格绘；窦珺译. -- 北京：中信出版社，2017.1（2022. 8重印）
（遇见美好系列. 第 2 辑）
书名原文：Fritz's Fish
ISBN 978-7-5086-6740-9

Ⅰ. ①小… Ⅱ. ①杰… ②达… ③窦… Ⅲ. ①儿童故事-图画故事-法国-现代 Ⅳ. ① I565.85

中国版本图书馆 CIP 数据核字 (2016) 第 229783 号

Fritz's Fish
a minedition book

Chinese edition published in 2016 by CITIC Press Corporation

小飞的鱼

［法］杰拉尔丁·埃尔施纳　著　　［德］达妮埃拉·邦格　绘
窦珺　译

中信出版集团 · CHINACITICPRESS · 北京

“爸爸，我要养条鱼！”

爸爸放下手中的报纸说：“什么？”

“我是说，我想养条鱼，一条彩色的、小小的鱼，养在圆圆的小鱼缸里，不会占太多地方的。”

爸爸叹了口气，说：“唉，小飞，你也知道……”

是啊，我知道。我们住在市中心四楼一个没有阳台的房子里。家里确实不适合养宠物。

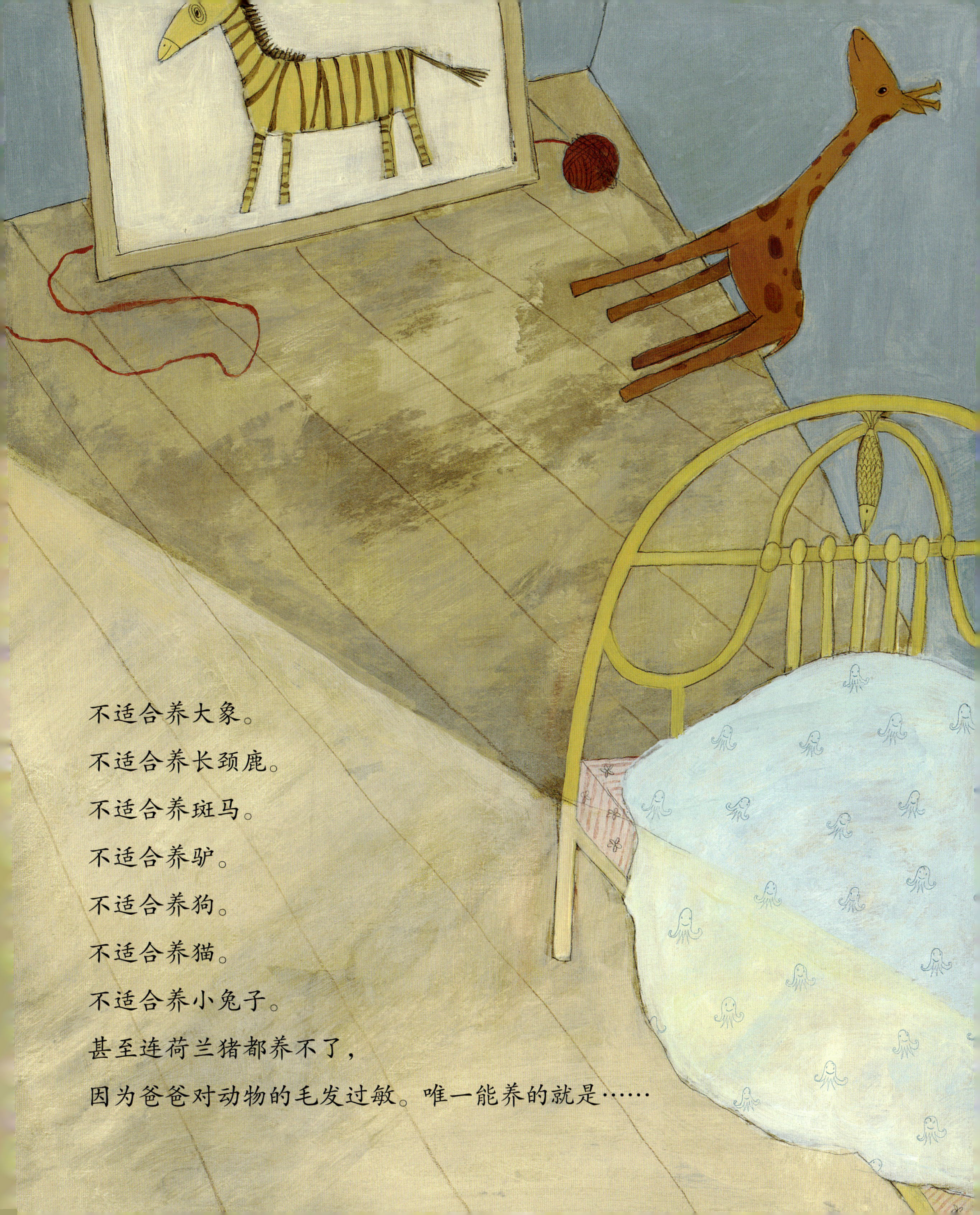

不适合养大象。

不适合养长颈鹿。

不适合养斑马。

不适合养驴。

不适合养狗。

不适合养猫。

不适合养小兔子。

甚至连荷兰猪都养不了，

因为爸爸对动物的毛发过敏。唯一能养的就是……

一条鱼！

一开始，妈妈没有表现出不情愿。

可是她突然想到了什么，说："恐怕你还是太小了。"

太小了？

我？

连一条鱼都照顾不了？

那天晚上我坐在窗前向外看，雨水敲打着窗户。

是不是老天也和我一样难过呢？

我哭着哭着睡着了，雨却一直下啊下啊。

下了好多好多个小时。

下了好多好多天。

河水越涨越高。

先是淹没了河畔的街道，

然后一直流到了我们的公寓楼下。

我们只能坐船去别的地方了。

我在自己最不可思议的梦里也没见过这种事儿，

那感觉就像是坐在威尼斯的小船上。

四周一片寂静。

忽然，眼前的东西吓了我一跳。

我大喊：“别动！”

在喷泉旁边的薰衣草丛中，有个亮闪闪的东西在使劲地扑腾。

难道是条龙？

还是只鳄鱼？

都不是，那是……

一条鱼！

我拿起船上的水桶，按到水里，然后摇晃薰衣草丛，好让那条可怜的鱼钻出来。

两秒钟后，它就被我捉住了。

爸爸说：“没有比这更新鲜的美味了，现在怎么办呢？”

我说：“快，赶紧回家！”

我要让妈妈看看，她一定从来没见过这么新鲜的鱼。

但是我绝对不会让它出现在煎锅里。

绝对不会，我会把它放进浴缸。

没错！

“新鲜”（这是我刚刚给它起的名字）可一点都不小。

它也没有五彩斑斓的鳞片，

但它是鱼，是我的鱼。

我太开心了！

一周后，河水退去，

新鲜还是住在浴缸里。

妈妈对我说：“你要知道，

我们可不能总去邻居家里洗澡。”

可我才不担心邻居们怎么想、

浴缸怎么样呢，我只担心一件事——

新鲜看起来很不开心。时间一天天过去，它越来越无精打采，越来越安静。我很用心地照顾它，每天按时喂食，把它的“家”布置得舒舒服服。

但是一点儿用都没有。

最后，有一天晚上，我对它说："你不想待在这里，对吗？你想在大河里自由自在地游泳。"

新鲜没有说话，但是有一个小小的泡泡从水里冒了出来。

它就是希望能回到河里去。

浴缸又小又滑溜，一点都不像大河。

我叹了口气。我该怎么办呢？

那天晚上，我根本睡不着。

第二天早晨，我终于下定了决心。

一大早，爸爸妈妈还没有起床，我就带着新鲜来到旧桥旁。

我轻声说："再见了，新鲜，我的朋友。"

我亲了亲它滑溜溜的鼻子，它很平静。

当我把它放回河里时，它跃到空中，划了一道大大的弧线，然后落进了河水里。

溅起的水珠在清晨阳光的照耀下反射出七彩的光芒，就像是小小的彩虹。

之后，它就永远地消失在了河水中。

回家路上，我停下脚步，将桶里的水倒进了薰衣草丛。

我站在喷泉旁边，哭得很伤心，甚至感觉我的眼泪会让河水再次决堤。

妈妈一看到我，就知道我刚才做了什么。

她抱紧我，温柔地对我说：“我知道你会把它放走的，你很爱它。现在跟我过来吧。”

她牵着我的手，带我来到浴室里。

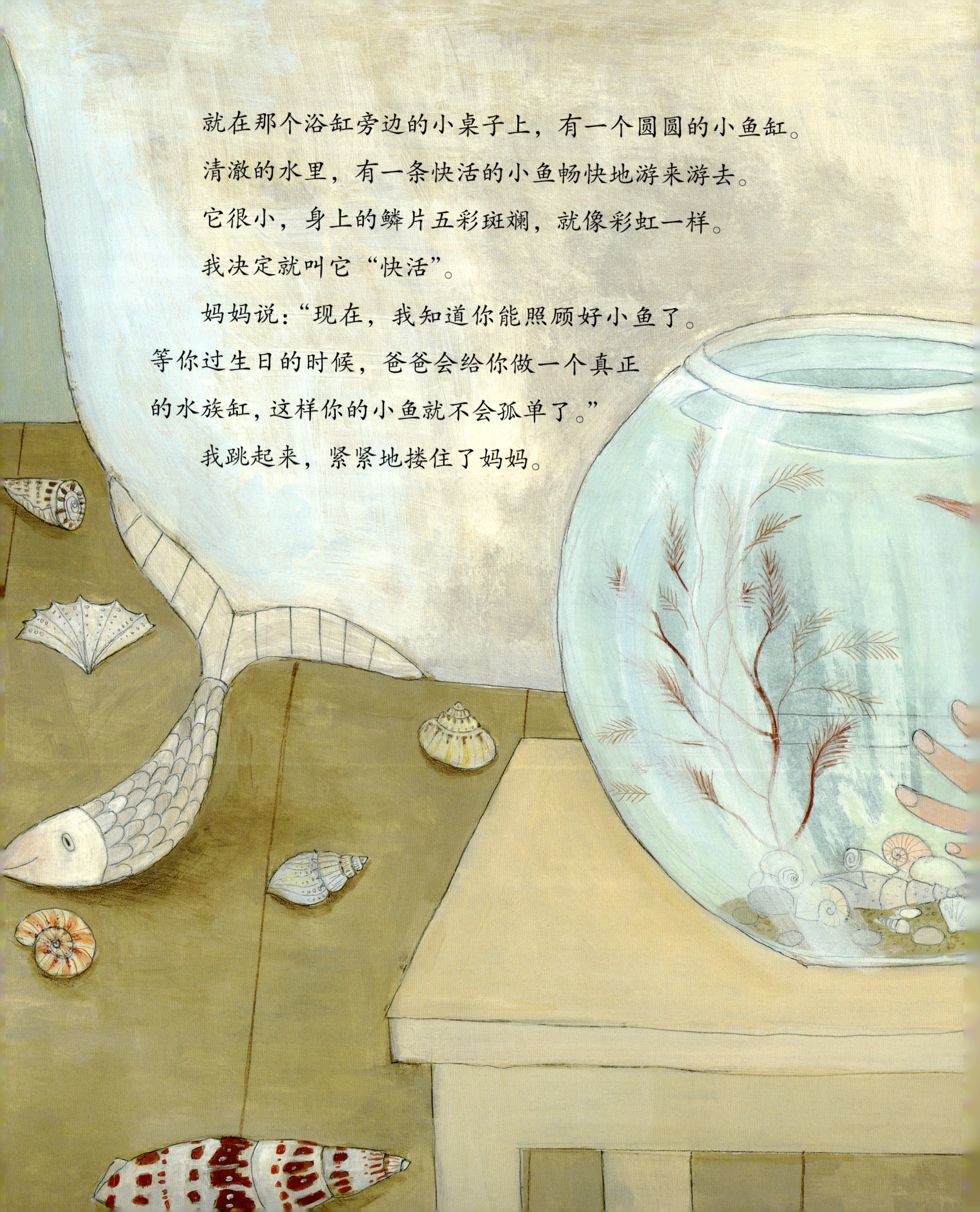

就在那个浴缸旁边的小桌子上，有一个圆圆的小鱼缸。

清澈的水里，有一条快活的小鱼畅快地游来游去。

它很小，身上的鳞片五彩斑斓，就像彩虹一样。

我决定就叫它“快活”。

妈妈说：“现在，我知道你能照顾好小鱼了。等你过生日的时候，爸爸会给你做一个真正的水族缸，这样你的小鱼就不会孤单了。”

我跳起来，紧紧地搂住了妈妈。